지옥의 굴레들

Tagore Justo Jorge Padrón
후스토 호르헤 파드론 · 민용태 옮김

서정시학

그녀의 몸은 향수
밤과 그늘을 취하게 했었지.
그 비단과 물의 전율
그 속삭임은 감촉의 강도로부터
불타올랐지.

그녀의 두 눈은 빛과 사랑이었지.
감동스러운 목소리는
허공의 희미한 불빛을 가르며 날아갔지. 욕망에 대한
응답. 여름의 반짝이는 바다에서
끌어낸 두 불덩이.

— 「땅의 여인」 부분

지옥의 굴레들 *Los Círculos del Infierno*
1973−75

후스토 호르헤 파드론 Justo Jorge Padrón 지음

민용태 옮김

호르헤 루이스 보르헤스:

파드론은 위대한 시인이다. 이 『지옥의 동아리들』이라는 시들
은 무언가 오래전부터 내가 쓰려고 했으나 떠오르지 않던 시상
을 성취시켰다. 나를 깊게 감동시키고 나를 울게 했다.

비센테 알레익산드레(1897 노벨상):

이렇게 광휘에 찬, 거대하게 닫혀진 시를 쓰기 위해서는 가능
한 한 최대의 열망의 의식이 있어야 한다. 물론 긴장과 용기가
필요하다. 시인이 쓰는 시세계에 대한 말없는 탐구가 필요하다.
시인의 모든 표현력, 창조력과 모든 능력을 동원해야 하기 때문
이다. 이들 모든 시는 인간적 숙명의 닫혀진 현실이요 상징이다.
극단 상황에서 느끼고 정의하고, 출구를 찾지 못한 채 종결된 실
존 의식이다.

옥타비오 파스:

파드론의 죽음의 욕망을 그리는 타나토스적 시는 기독교의 묵
시록적 시의 원대성을 보여주는 은유와 비전을 제시한다. (…)
내 생각으로는 우리 스페인어권의 대표 시인 중의 하나이다.

파블로 네루다:

파드론의 창조적 시어는 원시적 원천에서 솟아나온다. 그리고
그것은 미래에서 온다. 그의 목소리가 진정한 시이다.

서문

아르투르 룬드크비스트[1]

후스토 호르헤 파드론은 그의 과거와 단절하고 진정한 길을 연 사람이다. 30이 좀 넘자마자 그는 자기를 묶고 있는 출신과 과거와의 대부분의 인연을 끊고 그런 환경으로부터 벗어난다. 이것은 그가 전적으로 시와 개인의 자유로운 발전에 전념하겠다는 확고한 결심 앞에서 이루어진 것.

파드론은 대 카나리아제도 라스팔마스 출신이다. 그 섬의 가장 중요한 가문 중의 하나에 속한다. 법학을 공부하고 고향에서 변호사 직과 동시에 찬란한 테니스 선수 길도 접었다. 모니카라는 스웨덴 여자하고 결혼하고 그녀의 도움으로 스웨덴어를 마스터하게 되었다. 그가 스웨덴, 노르웨이 등 이국적 정서와 자연, 그리고 북구 시에 매력을 느끼기 시작한 것도 이때부터이다.

---

1) Artur Lundkvist(1906~1991) : 스웨덴 한림원 위원으로 노벨문학상 심사 위원으로 이름을 날렸다. 파드론의 『지옥의 굴레들』, 1976, 스웨덴어 번역가이기도 하다.

시 창작과 동시에 그는 젊은 스웨덴 시인들의 시를 커다란 책으로 번역 출판하기도 했다. 노르웨이 시선집을 크게 준비했고, 덴마크, 핀란드, 아이슬란드를 포함한 노르웨이 시에 대한 놀라우리만큼 연구가 깊은 일련의 소개서, 비평서들을 냈다. 이렇게 해서 어쩔 수 없이 스페인 문학과 북구 문학 사이 꼭 필요한 가교 역할을 맡게 되었다.

따라서 파드론은 자신의 출생지, 변호사 직업, 그리고 스페인 사회에 갇혀 있어야 하는 상황과도 인연을 끊었다. 오직 글을 쓰게 하는 요소로 스페인 문화와 언어가 충동으로 작용한다. 어쩌면 이런 단절은 고향 카나리아가 서정적 관광지로 부각되면서 엄청난 관광객이 밀려오는 것과 관련이 있으리라. 카나리아가 바다로 에워싸여 닫혀 있던 것이 열리게 되고 선박들이며 비행기들이 넘나드는 교차로가 되었기 때문이다.

카나리아 근처의 테네리프에서 스페인 내전 이전에 시인이나 예술가들의 초현실주의 붐이 있다가 그 뒤 그 섬들의 문화 주권이 카나리아제도로 넘어간 듯하다. 거기 가장 뛰어난 시인이 바로 후스토 호르혜 파드론이다. 초기 시절 이후 내전 이전의 세대의 황금 세기가 오랫동안 변화 수정을 거쳐 젊은 스페인 시인들의 야심을 채웠다. 거기에서 가장 영향력을 가졌던 것이 비센테 알레익산드레이다. 개전 중 스페인 국내에 머물면서 일종의 내전인 망명을 살았던 시인이다.

알레익산드레에게 두드러진 것은 고양된 감정과 강조된 깊은 인간애이다. 거기에는 인간의 좁은 사회적·정치적 모든 한계를 넘어 우주적으로 울려 퍼지는 사랑의 시가 있다. 이런 시인과의 접촉점은 그의 초기시 「어두운 불」, 「밤바다」에서는 그렇게 두드러지지 않는다. 거기에서 언어 사용은 알레익산드레의 경우보다 훨씬 온건하다. 감정의 표현도 훨씬 부드럽고 일반적이다. 이런 시는 좀 자리 잡지 않은 탐구와 초조 속에 지나치게 가다듬어진 시적 재질 때문이었으리라. 그러나 물론 강렬하고 민감한 시 표현으로 구사된 것들이지만.

완전히 다른 것이 파드론의 최근 책『지옥의 굴레들』이다. 이 시집에는 고양된 목소리와 알레익산드레의『천국의 그늘』의 첨예한 섬광이 교감하고 있는 것이 보인다. 그러나 파드론의 작품에는 더 큰 흑색과 절망의 빛이 가로지른다. 단테가 다른 한 편으로 확실한 출발점일 수 있다. 만약 파드론이 완전히 자기 스스로 지옥을 만들어낸 것이 아니라면 말이다. 파드론의 지옥은 기독교적 고문 장소인 고대 개념과는 아무 상관이 없다. 파드론의 지옥은 우리에게 훨씬 가깝고 명확하다. 거기에 각기 다른 두 지역이 존재하다가 서로 하나로 섞인다. 그것은 개인적 위기의 경험과 우리가 살고 있는 위협적인 시대의 위기감이다. 사적인 것이 우주적인 것과 교감한다. 그리하여 독자적 세계로 승화한다.

새로운 시들에는「밤바다」가 예고하던 요소가 있다. 특히 마지막 부분에서이다. 거기 하나의 약속이 진행되고 있다. 지식과 결합된 단절이다. 자기 스스로 삶의 방식과 갈수록 험악해가는 세계의 위기감이 공존한다. 시인에게 사랑, 믿음을 깨버린, 지속성이 없고 늘 결핍된 이 상황이 가져다주는 어두운 감정이다. 그가 그것을 느낀 것이 바로 현기증 나는 지옥의 심연으로 내모는 동기이다. 폐허와 증오의 악마적 혼돈으로 몰아간다. 분해되고 있는 똑같은 요소의 완전한 패배.

여기에서 개인적 불행과 집단적 불행을 구분하는 것은 불가능하다. 고독과 버림받음, 위험과 절망은 시인 자신의 것이면서 모든 의식 있는 민감한 자 하나 하나의 것이기 때문이다. 자기 경험의 핵심이 되는 시 뒤에 고독감이 끈질기게 시 속에서 파고든다. 시를 여러 번 공포의 상상과 재치로 이끌어간다. 숨 쉬기조차 힘든 분위기에서 끝없이 엄습하는 공포, 더듬거리며 찾아가는 눈먼 어둠들, 견딜 수 없는 시끄러운 소리들, 견딜 수 없는 침묵들, 무너져 내리는 바위들, 열리는 심연들, 솟아나는 연기, 거미와 쥐의 침공, 뱀이나 벌레 들 같은 동물들의 썩은 세상, 늪지와 부패, 토사물, 끈적거림…

이런 비전에는 문학적 창의 산물로 느껴지지 않는 설득력 있는 광기와 환상적 힘이 있다. 그리고 이런 광기의 상태가 묘사될 때, 그것은 나무랄 데 없는 관찰이 된다. 예리하게 빛나는 의식의 눈에 들어온 모습이기 때문이다. 시인은 높은 경지의 체험자이다. 바라보는 대로 생각하는 대로 느낀다. 가능한 대로 이런 기능들이 하나로 뭉쳐질 때 시가 나온다. 동시에 이런 상황은 두 가지 다른 면에서 성찰할 수 있다. 하나는 미래의 위협 앞에서의 공포, 그리고 개인적 비극으로부터 보이는 현실들.

그는 이미 천명한 바 있다: "지구의 참 모습은 이 지옥의 거울이다." 동시에 이 끝없는 경험은 자기 질책, 죄악감, 스스로의 탈선에 대한 감정에서 나온다. 시인 자신이 상상하는 늪지이다. 시인 자신이 "사람들이 피하는 페스트 걸린 사람이다." 그는 자신을 문둥병자, 부패한 자라고 부른다. 그것은 주변의 지옥스런 모습을 시인 자신의 내부에 옮겨오는 시법이다. 또한 자신의 단절과 해방의 결과이기도 하다. 그것이 자신에 추방당한 소외된 뜻하지 아니한 느낌과 고독감을 불러왔을 수도 있다. 시인은 죽음 앞에서 지쳐 있음을 말한다. 자신이 자신의 최악의 적이라고 말한다. 인간이라는 종자가 똑같이 총체적으로 스스로의 적인 것처럼.

그의 버림받음은 완벽하다. 그에게 남은 유일한 해결 방법은 자살이나 미침뿐이다. 자기 스스로의 몸과 동시에 영혼 속에서 퇴폐가 퍼져 감을 느낀다. 특히 그의 내부로부터 구역질나는 부패와 붕괴 과정이 공격처럼 느껴진다. 스스로가 돌이 되어가고, 광물질이 되어가는 느낌을 받는다. 가장 역겨운 변신 과정에서 괴물이 되어 감을 느낀다. 나는 가장 소름끼치는 고야의 그림들을 상상한다. 화가의 악몽의 판화들 말이다. 그리고 더 나아가서 히에로니무스 보쉬의 머리털 솟구치는 상상들, 악마가 되어 고문하는 삶의 양태들, 공포를 야기하는 욕망의 이미지들, 불구가 된 이빨과 손톱, 부리만 남은 짐승들, 여지없는 사디즘의 기관들. 고야와 엘 보쉬는 우리 시대의 가장 위대한 비전 제시자 들이다. 그리고 우리를 가장 괴롭힌 자들이며 어쩌면 가장 현대적인 예술가들이다. 파드론의 『지옥의 굴레들』이 이들 화가들의 상상을 연상케 하는 것은 단순한 우연만은 아니다.

고야나 보쉬와 같이 파드론 또한 의식적인 눈에 뜨이게 정치가는 아니다. 억압과 공포 앞에서의 그의 반응은 범세계적 표현이다. 그는 인간을 지상에서의 지옥의 책임자로 본다. 인간은 신이 없는 사회에서 자기 스스로를 벌하는 자이다. 이 내부적 외부적 드라마가 서로 얽히고설킨다. 결국 한 모습의 두 얼굴일 뿐이다. 시인의 견지는 보여주고 경고하는 일. 그때 시인은 일종의 대리인이 되어 스스로를 희생시킨다. 자기 모든 존재에 인간 전체에 도사리고 있는 불행과 고뇌를 몸으로 느낀다.

후스토 호르헤 파드론이 그렇게 젊은 나이에 이렇게 빠르게 세상 희생자 역할을 맡고, 이렇게 훌륭한 예술적 재질로 작품을 실현하게 된 것은, 그가 얼마나 미래가 있는 훌륭한 시인인가를 웅변으로 증명하고 있는 점이다.

현대인의 우주 진화론, 『지옥의 굴레들』

후스토 호르헤 파드론

위험하나마 나의 시인으로서의 정체성을 가장 잘 나타낸 시집을 뽑으라면 나는 의심 없이 이 책을 선택할 것이다. 시인의 일생에는 때때로 가증스러운 환경들의 범람이 일어나고 이것이 창작에 부어질 때가 있다. 그리고 이 시작이 바로 그를 구원하는 임무를 수행한다. 『지옥의 굴레들』은 그때까지의 가장 무지의 세계로의 하강을 의미했다. 그것은 구원할 수 없는 미로였다. 인간존재는 정체성을 잃고 이 불구와 경악으로 가득 찬 세상을 느끼고 아파할 수밖에 없다. 이 앞의 책들에는 갈수록 드물게 구원의 순간이나 예들이 일어났지만, 이 책은 "이미 끝에 이른 출구 없는" 세상이다. 거기에는 파괴가 사정없이 끝까지 진행된다.

30세에 이 책을 쓸 때 나는 현대인의 우주 진화론이 될 수 있는 주기식 작품을 실현하려고 했다. 현대인 의식의 심연에 진실로 침투하여, 동물 상징을 통해 파괴의 공포와 통렬한 죄악을 보여주고 싶었다. 인간의 고독과 두려움, 그 밑에서 냉전의 가장 위험한 핵전쟁의 공포가 도사리고 있지 않는가. 이 책은 기독교적 지옥이나 단테와 함께 연상해서는 그것과 다르다. 밀턴의『실낙원』이나 랭보의『지옥으로의 하강』과도 관계가 없다. 사르트르의『타인들이 지옥이다』라는 비협동적 구절과도 상관이 없다. 한 개인의 지옥은 인간 개개인의 지옥이다. 그래서 말할 수 있다 : "지옥은 나 자신이다. 왜냐하면 나는 모든 다른 사람들이니까." 그런 핵심 사고에『지옥의 굴레들』이 반짝이고 있다. 그런 사고의 시적 사고의 영양소는 70년대 초기까지 두 초대강국이 인간 종족의 파괴와 역사를 말살하기 위해 겨루고 있을 때였지만, 그것은 동시에 내 개인의 삶에 드라마틱한 상황과 일치했다. 그것이 개인적 면과 집단적 면을 하나로 보게 만들었던 것. 이것은 룬드크비스트가 이미 이 책 스웨덴어 서문에서 밝힌 것이다.

내가 이 작품을 쓰게 된 동기 중의 하나는 고통과 공포를 통해 우리 시대의 감성을 풍성하게 하는 일이었다. 공포스런 전율과 심지어 감동을 이끌어낼 계기를 제공하고 싶었다. 칸트가 아름다움과 숭고함의 차이를 설립하면서 적절하게 한 말, 경악과 경련도 탐미적 감정일 수 있다는 말이다. 우리를 공감하게 하고 놀라게 하는 것이 단순히 우리를 즐겁게 하고 마음을 이끌게 하는 것보다 예술적으로 위에 있다.

『지옥의 굴레들』과 함께 드라마틱한 실존적 의식의 나의 초기 시는 막을 내린다. 시집마다 인간 지혜와 경험의 샘물로서 서서히 고통에 깊이 참여하는 일이 나의 일이었다. 고통은 죽이거나 파괴하지 않을 때, 생명을 준다, 일깨운다, 우리를 더욱 깊게 만든다. 고통은 나에게 무의식 속에 침잠하는 법을 가르쳤다. 본능과 위험의 계단을 타고 이 심연으로 힘없이 내려가 발견의 빛을 찾는 일이다. 비록 그 대가는 위험스럽지만…

차 례

제 I 부 돌연변이들

— 비센테 알레익산드레님에게

제 II 부 비전들

— 아르투르 룬드크비스트님에게

제Ⅲ부 지상의 지옥

— 호세 루이스 카노님에게

제IV부 미로들
— 엔리케 바도사님에게

제 1 부 돌연변이들

── 비센테 알레익산드레님에게

나는 인간이다!
나는 모든 인간들이다

원자들의 침략

이 목소리 너머 아주 먼, 어느 이상한 곳에
내 것이 아닌, 나의 마음이 있나보다.
바람도 전파하지 않는 이 목소리,
이것들은 잃어버린 기억들, 이미 죽어버린
수많은 다른 사람들의
깨질 듯한 하소연 속, 불안한 수런거림 속에
다시 모인 기억들. 이것들은 생명의 세포들
빛의 최상의 폭발로 어지럽게 흩어진 사념들.
수세기 동안 살았던 한순간
수세기들은 결국 그 유일한 한순간일 뿐
우리는 거의 기억할 수도 없는.

그것은 소리치는 거울,
자살한 지구였다
우리 속에서 폭발하여
우리에게 갑작스런 빛의 광기를
퍼붓는 모든 것이 불 중의 불,
일제히 번개가 한 목소리로 절규하는,

그리하여 지하의 구역질나는 밑바닥을

공중에서 끌어올리는

심연의 검은 파동이 우리를 침범한 것이었다,

눈이 멀 듯한 코발트의 얼룩이

색깔들을 지우며, 평야를 썩히며,

더럽고 추잡한 종이처럼 빌딩들을 구겨뜨리며

구름이며 꽃을 말라죽이며, 깃털이며 바다를 눈멀게

하며,

금속성 굉음으로 산맥들을 부수고

아이들의 잠든 세포 구멍들을 꿰뚫고 지나갔다.

그의 파괴의 눈은 모든 것을 뚫고 지나갔다.

그리고 세상과 삶이 본질적으로 갉아 먹혀

물은 더 이상 물이 될 수 없었고

공기도 더 이상 공기일 수 없었다.

모든 것들은 영혼도 소리도 빼앗겼다.

모든 것은 부서지고, 스스로 무너져 내려 굳어가고

죽음과 비탄의 스냅 사진 속에

영원히 멈춘다. 시간과 감각이 삐어나간
분노에 찬 돌연변이, 불똥 튀기는 문둥병,
인간 역사의 철저한 파괴였다.

그림자들 사이, 이제 우리는 잿더미다
우연히 모은 연기조차 아닌,
부서지고 찢어진 원자들로 남은 인간의 흔적,
진흙덩이 액체 물질로 가득히
미끌미끌 부풀어 오르는,
어느 누구에게도 영원히 안내나 말 한마디 없는.

썩는 냄새

무슨 썩는 냄새가 그를 깨운다
그의 눈에는 아무 것도 안 보인다
어둠은 요지부동이다,
그 까망 속에 어떤 다른 색조도 정도의 차이도 없다
얼룩 마노瑪瑙의 깊은 곳에 구멍 하나,
전적인 홈 구멍, 단념의 홈.

끝없는 덤불 속에서 그는 더듬어가기 시작한다
유일하게 감지되는 것은 늪지로 지나가는
발길의 첨벙대는 귀먹은 소리.

치명적 어둠처럼, 살갗에 닿는 느린 초산처럼
고뇌가…

한 입 한 입 먼 바람의 입맛들이 그를 좇는다.
그를 끌고 가증스러운 방향으로 밀어붙인다.
눈을 감고 그는 나아간다, 등 뒤에 끓어오르는 무게를
지고

검은 벽을 쥐어뜯는다.

현기증이 나서 비틀거린다. 그의 유일한 생각은 달아
나는 것,
그 눈 주변으로부터 피하는 것.

더욱 빨리 빨리 걸어간다, 울부짖고
헐떡거리는 소리를 들으며, 수만 수천의 존재들의
넓은 코고는 소리, 아니면 무슨 터무니없이 큰
엄청난 아가미에서 나오는 소리를 들으며

넘어진다, 부딪친다, 달아난다,
정신없이 미친 듯이, 아무데로나 나아간다.

거인처럼 큰 까마귀의 날개를 가진 저 바람,
구석구석마다 그를 공격한다.
무지의 무시무시한 공포를 주며.

•

그의 두 손이 부딪친다, 무슨 축축한 물질 속으로 빠
진다.
그대로 꼼짝 않는다, 침묵처럼.

그의 놀란 촉수가 그에게
어떤 울퉁불퉁한 표면을 가리킨다.
앞으로 나아가는 것이 불가능하다, 단 한 발자국도,
그를 찾는 얼어붙은 진동소리들을 들으며 간다

덜덜 떨며 그는 이제 그의 손을 든다
더듬는다, 그리고 그는 그 팽팽하고 길고 움츠려드는
물질 위에 미끄러운 손을 올린다

그 호흡이나
그 날개의 퍼덕거리는 어두운 소리로
그는 자기와 크기가 같은 존재가 있음을 안다.

역겨움 속에

온몸을 태우며 절망에 차서 그는 달린다.
고통이 마지막 한계에 다다르자
두려움이 전부 흩어지자
기운이 빠질 대로 빠진 자신의 긴 다리를 더듬어본다.

그러나 그의 손은 두 개의 긴 필라멘트를 만진다
그리고 밑으로, 죽 펼쳐진 두 개의 날개.

거기 있었다, 다시
경련에 떠는 안테나와,
날개들, 끈적거리는 차가운 가슴:
자신의 쪼그만 몸뚱어리.

저 무성한 무게

내 몸에서, 아침 햇살에 그네를 타듯
팔 다리가 기우뚱거리는 소리를 들었다.
대기의 틈바퀴에서 금은 같은 것이 부석거리는 소리.
어떤 뜨거운 바람결, 삐걱대며 휘어지는 소리.
내 팔은 느낌이 없었다. 이미 빛을 찾는
긴 사지로 변했다. 바람이 나를 뒤흔들었다
나를 함께 덜덜 떨게 만들었다
마치 땅에 꼭 매달려 더 이상 풀려날 수 없는
더 이상 날 수 없이 덜덜 떠는 새처럼.
내 모양은 어떠했을까? 나의 피부를 통해
조잡하게 옮겨가는, 짧고 가벼운 발들의
작은 이민. 그것은 떨리는 바늘들의
습기에 찬 출렁거리는 행진이었다
마치 쏟아진 물이 연기와 돌멩이를 끌고 가듯이.
내 옆 다른 쪽에서는 새 부리며 발톱 손톱들
의 갑작스러운 감촉. 나는 바람과 햇살
그리고 부풀어 오르는 땅이 눈에 보이지 않게
끓어오름을 느꼈다. 나는 그 무성한 무게로부터

벗어나려고 애썼다. 내 몸은 부드럽게 진동하는 음악으로

신비스럽게 소리를 냈다. 땅에 꼼짝 않고 붙어, 분노도 없이

시간의 한부분이 되어, 존속해야 하는 죄를 살며,

기다리고 기다려야 하는 죄, 벼락이고 불이고 도끼가 내려 쳐도…

자기 스스로를 먹고 살기

내가 누운 채 깨어난 곳은
반짝이는 거울들로 덮여진 돔 내부.
그 은폐된 공간은 나의 목이 서서히 자라가는
모습을 선명하게 비쳐주고 있었다.
나의 두 눈은 나의 몸통에서 점점
떨어져 나와 차츰 자라가고 있었다.
그 공포와 전율은 천장으로 벽으로
수백 수천 자꾸 커져 가면
숨 쉴 틈조차 없이 나를 괴롭히고 있었다.

수은과 얼음으로 된 저 벽들 사이
울부짖은 소리가 넘쳐나고 나의 피부는 늘어나
나의 두 팔과 두 발이 어깻죽지나 지느러미 모양으로
줄어져
마침내 비늘 많은 번쩍이는 표면으로 변했다.
내 몸뚱어리가 갑자기 넓은 밧줄처럼 출렁거리더니
두 개의 강렬한 눈이 보였다. 그 흙탕물 섞인 그 눈빛의
목마름이 거울 구석구석에서 나를 훔쳐보고 있었다.

나는 뱀 같은 것이 땅을 기어가며 내는 원한의
휘파람소리를 들으며 가고 있었다.
곤두선 털로 가득한 대가리가 소용돌이치듯 맴돌더니
이내 나를 삼키기 시작했다, 스스로가 스스로를 삼키 듯

지옥의 심연의 존재들 사이에서

누가 이런 긴급한 지령을
내게 내리는지 나는 모른다.
다만 냉혹하리만큼 한 점
의혹 없이 나는 길을 알고 있다.
그래서 땅을 밀고 파고
그리고 냄새를 맡는다
좁은 통로를 뚫고 나간다
물질의 두개골에 구멍을 낸다
흙과 먼지로 가득한
두 눈을 뜨고 올라간다,
흙으로 가득한 입으로
무섭게 홀린 채.
정신없이 나는 이것이
나에게 퍼붓는 공포를
예감한다. 그렇지만 나는
까만 어둠 사이로 올라간다,
더럽고 빽빽한 공간으로
고생대의 화석과

바위와 식물들과
진흙, 흙탕물, 부식토의
돌 같은 어둠 사이로
생존과 본능의 욕구보다
더욱 뜨거운 불길에 이끌려
나는 간다, 다다른다. 이윽고
무덤의 돌들을 밀고 들어간다.
오직 깜깜한 습기
그러나 나의 손들은
차갑고 어두운 묘석을
움직인다.

몸뚱어리들이 깊게
으르렁대며, 우리를 부른다
참을 수 없는 목소리로
지구 끝으로부터 올라가
우리는 썩어가는 몸뚱어리들의
아직 따뜻한 눈동자들을

마신다. 무형의 세상의
부르는 소리가 끈질기게
혼수상태에 빠진 우리에게 들린다
나를 인도하며 항상 내 곁에 있는
세균 같은 존재들을 깨우며.
지옥의 세상의 시간이
가까워진 것.

불멸의 부동성

수런거리던 나무숲이 뒤에 남았다,
사랑이 살아 있는, 수풀 같은 우정
새들 사이. 햇빛 사이 꿈이 멀어졌다.
일상의 관습의 잿빛 감옥에서
부질없이 보낸 나날들
그 여명의 높은 열기와
야망, 승리의 악다구니 쓰던
황금빛 수레도 지나갔다.
심지어 말과 삶을 조화시키려던
그 어마어마한 열정도
뒤에 남겨지게 되었다.
그리고 기억과 사위어간 욕망이
다시 고대 흰 무명 물빛으로 돌아왔다.

안개는 귀먹은 시간을 싸안고 있다.

이제는 남아 있는 약한 햇살도
거의 느껴지지 않는다. 그리고

하나의 이상한 피로
그리고 강력한 무게,
그리고 없어지지 않는 부동의 몸짓이
어떤 말들보다 더욱 확실하게 말한다:
나는 광물질이다.

제Ⅱ부 비전들

— 아르투르 룬드크비스트님에게

그러다가 신이 우리를 역겨워하면

그러다가 신이 우리를 역겨워하면.
그러다가 신이 우리를 미워하면.
우리를 서서히 바꾸어가겠지,
우리 살갗에 시간의 문둥병을 옮기고,
감각도 아주 병들게 하고
추억의 갈증과
고뇌도 늘 아프게 하고
그리고 우리 곁에 거울들
수많은 거울들을 가져와서
대낮이나 밤이나
고삐 풀린 듯 잃어가는 우리의 모습을 비춰주겠지.
내부로부터, 혹은 먼 곳으로부터 떨어지며
눈에 보이지 않는 충격을 느끼겠지.
무너진 건물이나 구덩이 속에 우리를 가두고
더러운 일이나 시키며
우리를 그림자로 줄여가겠지.
우리가 사랑을 할 수 없도록
야망과 질투와 폭력과

음탕함 증오 같은 것

우리 속에 우리를 집어넣겠지.

이런 독이 우리의 영혼을 부패시키겠지.

우리 마음으로부터 원한이나 잘린 어깻죽지

수많은 악습들이 싹트겠지.

그리고 이제 우리가 소리쳐 차라리 죽음을

달라고 외칠 때, 가장 조심스러운 사람들 마음에

두려움에 떨며 미쳐 자빠질 때까지

끝없이 절규하게 하는 자비로운 습관을 만들어가겠지.

이 신이 우리를 역겨워하면

그러니까 이렇게 정의로운 신이 우리를 미워하면,

우리는 주름살 많고 멍청하고 눈멀고 자살이나 하는

비참한 족속이 되겠지,

타락하고 죄악스러운, 저주 받은 사람들

그것이 인간 종자니까.

죽음의 도시

여기 아무도 악몽이라는 것을
절대 볼 수조차 없었던 도시가 있다.

어떤 물의 화폭에 그려진 채
물안개 사이 둥둥 떠서 솟아오른다.

검은 것의 서식처들, 부서진
판자들이 열심히 벽을 두드린다
죽은 세상을.

쓰레기들, 바람이 흐트러뜨리는 폐허들,
빈 터에서 솟아나는 넝마들.
하루는 삶이었던 발자취, 마른 피들.

불탄 언덕들,
썩은 나무들의 해골들에는
얼음 균열 밑에서 빠져죽은 손들의
절망에 그런 뻣뻣함이 있다.

<

시선을 올려다보면 광활함이 보인다
별은 없다. 푸르름도 없다.
대기는 기다림 속에 긴장한다
말 한마디로 열릴 것 같은

헛되이 생명을 찾는다,
자유로운 물의 광휘,
나무들의 무성한 향기,
햇빛과 사람의 목소리.

그러나 모든 것은 사막이다.
이 미궁 속에 이제 출구는 없다.
다가오는 지구의 이미지는
이런 지옥의 거울이다.

동아리 형 안방

원형의 안방의 한가운데,
모든 것을 껴안 듯 짙고 어두운 불빛 너머로,
금속 화면에 비쳐지는
장면들, 내 인생을 이루었던 가장 다정하고
소름끼쳤던 일들을 본다. 거기에
나의 강력한 인생길의 실수며 진실이 나타난다.
그리고 또한 나의 이야기에 들어 있던 사람들.
그들은 조용한 증인들이다.
시간은 이제 존재하지 않는다. 이미 사위어간 바람이다.
그러나 오직 그들만이, 한 줌 남은 영상만이
나의 세계에서 남은 것이란 걸 안다.

나는 이런 고정된 거짓에서 나오고 싶다,
이런 세월의 덫에서… 나의 시간을 마모시키고 있는
이들 이미지들의 물거품
이런 목소리들을 멈추고 싶다.
아무도, 아무도 내 말을 듣지 않는다. 때때로 깜박이는
반짝임들이 집중된 얼굴들을 비춘다.

나는 그들을 알아본다. 그들 하나하나에게 말을 건다,
그들에게 내가 한 번도 줄 수 없었던 사랑을 청한다.
그리고 그들의 눈길에서 빛이 반짝이기를 기다린다.
그들은 가장 가벼운 몸짓의 비꼬기조차 없는
지워질 듯 가물가물한 석상들이다.
나의 두 팔과 입술을 가까이 가져간다.
그러나 그들의 옷과 가녀린 머리칼들은
연기나 고삐 풀린 그림자가 되어 사라진다.
나에게 도망갈 문을 가르쳐 줄
하나의 손길, 하나의 말을 찾아 헤맨다.
황금이 아니라 모든 것을 연기로 화하게 하는
미다스 신이 모든 것을 암흑으로 변화시킨다.
바다도 평지도 없다. 새도 웃음도 눈물조차도 없다.
물론 동상도 없다. 거대한 방안은
하나의 커다란 연기 소굴. 나는 서서히
무명인으로 용해된다. 죽음 속에 난 살지 않으리라.
나는 이제 잊혀진 이야기 같은 하나의
검은 연기, 돌들의 닫혀진 동공같이 검고 검은

위대한 회색

하나의 위대한 눈이 나를 그의 눈썹 속에 가둔다,
외부 빛을 어둠으로 가리고
열심히 자기 햇살의 밑바탕으로 이끈다.
거기 완전한 자기 동아리 속에서
역사 속의 성난 동물들이 나를 에워싼다.
횡포한 어둠 지느러미를 가진 상어
길 위에서 쏜 총알 같은 눈을 가진 호랑이
치명적 운명의 경악 같은 표범
피투성이 발톱과 바람의 눈사태를 몰고 다니는 독수리
숨어서 기다리는 증오의 얼음을 지닌 뱀…
그리고 뒤에는 끝없는 어떤 꿈의 길고 긴 그림자,
어두운 약탈자들의 떼거리들:
하이에나, 콘도르, 쥐새끼들, 거미들,
재규어들과 시커먼 개미떼들 득시글거리는
벌판 번쩍이는 연기.
자꾸만 좁혀져 가는 좁혀져 가는 구원이 없는 동아리.
족속들마다 나를 고발하고 나의 부정의 리스트를
내리 퍼붓는다:

"나는 사람이다!

나는 모든 사람들이다.

나는 눈먼 파괴다.

불가능한 희망.

존재하는 모든 것의 영원한 적.

나의 온몸 온 피에서 벌레들이 쏘는 침들,

맹수의 발들, 발톱들, 아가리들의 소리를 듣는다,

흔들리는 무지개

내가 벌써부터 영원히 포로로 갇혀 있는 무지개 속에서"

바람

지구의 아무도 모르는 장소들을 횡단해서
말들이 나를 데려간다. 현기증의 전령들,
모든 권력의 횡포스러운 권위를 자랑하는.
말채찍은 갑작스러운 번개 속에 사라진다
가장 하얀 불빛 속 까만 폭발처럼
피 속에 강력한 경악의 외침소리를 남기며.
그것은 폭풍우다, 벼락이다, 성난 칼질들
눈사태의 엉덩이에, 불길의 탑에.
산맥들을 초토화시킨다, 나무들을 무너뜨려
마지막 바람의 나라에 다다를 때까지.

아무도 들어갈 수 없는 어둠의 그 산들에는
수천 년을 모아둔 목소리들이 부글거린다,
거기 그들의 힘의 핵이 소용돌이친다.
순간적 침묵의 커다란 파동이
내가 바람의 중심에 있는 것을 알려준다.
폭풍처럼 그 목소리는 수천 가지로 울려 퍼진다.
수직으로 선 분수, 칼들의 통곡.

모든 동굴들의 뭉툭한 소리들이 흔들린다,
묻힌 수많은 시체들의 수많은 목소리가 수런댄다.
갑자기 명령이 내려졌다. 모든 소리들이
한 목소리로 솟아올랐다. 수천 년의 돌들이 쏟아졌다.
날아가다 내 앞에 머문 재빠른 절벽, 구불구불한 도랑들이
시커먼 눈동자를 하고 나를 에워쌌다, 소식을 기다리며.

말은 둥그렇게 채찍을 휘두르듯 솟아났다
구멍들을 침범하며, 어둠들의 불을 밝히며,
거품들의 소리로 신선하게 날갯짓하며.
동시에 웅대하게 우뚝 선 고고한 자세로:
<우리의 전적인 외침에 견줄 만한 힘은 없다.
세상에 그대들이 행사하는 모든 파괴는
용서할 수 없는 그대들의 벌을 결정하게 만들었나니…>

나의 창에 가벼운 소리 하나 나를 깨운다,
나의 꿈을 긁적거리고 싶었던 미풍 하나
전하는 말을 잊기를 원하던 미풍 하나.

어린 시절로 돌아가는 꿈

그리고 그 시골스런 골짜기로 들어갔다

이내 어린 시절에 다다랐다.

거기 그 거칠고 마법 같은 똑같은 빛이 있었다,

여름 풀빛의 찬연함,

해맑은 산들, 야생의 새들,

나비, 폭포 위 부드러운 무지개.

그토록 그리운 마음속 정경이 그가 어렸을 때부터

꿈꾸어온 세상이었다. 무엇과도 비교할 수 없는 그의
공간.

모든 조화와 다른 그런 조화, 모든 조화는 다 다르기에

그 어린 시절과 같은 조화는 다시 찾을 수 없으리라.
다른 공기와

그렇게 같은 그런 공기는 다시 찾을 수 없으리라, 그의

아름다운 기억의 책갈피 속 깊이 간직한 그 향기

어디에나 쏟아서 움트는 그런 아름다움은 다시없으리라.

비록 그 시절이 돌아오는데 수천 년이 걸렸어도

그때와 똑같으리라, 심지어 사람들이 파괴할 수조차
없으리라

그는 바람과 새들이 그에게 인사하러 오는 것을 보았다.

나무 잎사귀들은 투명한 떨림으로 가득 찼다.

샘물들은 그 시끄러운 노래를 더욱 세차게 부르기 시작했다.

대기 위로 흙냄새가 향기롭게 이랑을 이루었다

과일이며 물이며 꽃들이 그를 맞으러 나왔다.

그가 돌아왔어, 그가 돌아왔어, 골짜기가 소리쳤다.

땅의 여인

어디에? 어디에 있을까?

그녀의 몸은 향수
밤과 그늘을 취하게 했었지.
그 비단과 물의 전율
그 속삭임은 감촉의 강도로부터
불타올랐지.

그녀의 두 눈은 빛과 사랑이었지.
감동스러운 목소리는
허공의 희미한 불빛을 가르며 날아갔지. 욕망에 대한
응답. 여름의 반짝이는 바다에서
끌어낸 두 불덩이.

꿀의 어두운 지혜와
술, 입술들:
원기 왕성한 꽃잎. 정원.

그녀의 목은 따스한 대리석으로 만든 물결치는 불덩이,
아름다움의 절대 침묵 속의 활.

월계수의 바람과 절규와 함께
돌아가는 허리.
꽃처럼 향기 나는 점토,
오렌지 빛 휴식. 한낮.

현기증 나는 입맞춤의 눈사태 속,
밤의 새,
황홀의 개미집.
승리에 찬 물결과 거품. 피투성이
수정, 불꽃 튀는
해바라기, 제어할 수 없는 번개,
우주를 간직할 한구석.

노란 달

황금과 아지랑이로 된 환상적인 동전처럼,
암울한 심연의 분화구
서서히 서서히 세상을 빨아들일 듯,
가파른 비탈길의 끝에서
홀로 으스대며 잔뜩 위대한 모습으로
노랗게 큰 달이 떠 있다.

별이 가득한 침묵의 소용돌이를 타고 내려와,
번갯불 빛으로 반짝이는 자작나무들,
거대한 외눈박이 왜전나무들,
열심스러운 마가목들이
눈먼 표범들처럼 벌써 우리에게 쏟아진다,
연기로 지은 맥 빠진 성당처럼,
눈부시게 빛나는 그림자 탑처럼
거의 우리를 스치지도 않고,
그러나 말은 물의 불길이다
숙명적으로 달이 끌고 가는,
최면의 미끼새, 자라가면서
밤의 은밀한 미풍 속에 우리를 사로잡는다.

섹스의 꿈

그늘과 욕망으로 흐려진 성기가
고동치는 덤불을 더듬어
심연의 문을 찾는다.
거기 열망의 심장이 파닥인다.
온통 어두운 광휘의 격동이
그를 껴안고 깊은 곳으로 받아들인다.
파도의 폭발을 감지한다.
그에게 울어대는 곱슬곱슬한 바람들,
제어할 수 없는 공허의 힘이
심지어 밀어낼 듯 그를 위협하고
모든 것을 다 빼앗을 듯, 쳐부술 듯 덤빈다.

너는 전부가 그 성기이다, 오직 가난밖에 없는 자의
애걸하듯 애원하듯 더듬는 성기.
망치의 집요함으로 지탱하는.
열기에 차서 끈질기기에, 눈멀고 굶주려,
쳐부수고, 헤치고 나아간다. 마침내
스스로의 불길로 침묵을 비춘다. 들어와 머문다

마치 불길의 뜨거움이, 그 목마름의 도취가
절대 영원히 끝나지 않을 것처럼.
그는 그걸 안다: 자신이 생명의 중심에 있기에.
자신은 자유롭고, 행복하다, 세상과
영원의 주인이기에.

밤의 눈들

그리고 별들은 넘쳐흐른다,
자신의 투명한 도취의 물을 쏟아 붓는다
떡 벌리고 있는 밤의 커다란 입에.
호기심에 번뜩거리는 그 하얀 별들
거기에서 사람 하나하나의 심연이 솟아오른다
별들은 가까이 오는 연인들의 얼굴처럼
서서히 다가와 내려온다.
그와 똑같은 영원으로,
그와 똑같은 찰나와 불가사의로,
밤의 눈들이 가까이 온다,
별들은 자스민의 치아, 빛나는 물고기들,
빛의 꽃들…
눈부시게 쏟아져 내려오는 저 모습이여
귀를 멍멍하게 하는 저 음악은
먼 데서 오는 공간의 광막한 섬광,
나의 창에 다가오는 눈부신 바람.

유리와 목제로 된 이 오래된 집에서

안타까운 인어공주의 미끼새의 움직임과
물과 빛의 달고 달콤한 우주의 노래
지축을 울리는 파괴와 박멸의 위력을 느낀다.
거대한 자작나무에 에워싸여
이 연약하고 힘없는 집은
저 신비스런 파란 가슴 앞에
깜짝 놀라 흔들린다
별이 가득한 이파리 많은 저 나뭇가지들이
창문 가까이로 다가오고
저 현기증 나는 밤의 수로는
텅 비어가는 깊이를 알 수 없는 경계.
용암의 험악한 물살이 어둠을 뚫고
파고든다. 늪지의 침범,
이끼들이며, 눈처럼 하얀 해저의 마그마,
촉감의 호수의 밑바닥.
잠자는 자의 침상을 에워싸고 있는 사나운 짐승들.
꿈의 거짓들!
밤이여 가라! 광막함의 광택을 쳐부수는

그림자들이여, 가라!
거치른 숨소리 헐떡거림, 골수의 추위,
죽음의 순회 찬송가.

이내 집은 무너지기 시작한다,
그러나 성난 포옹으로
나무가 집을 일으킨다. 그리고 갑작스레
격동하는 바람과 이름 모를 것들의 습격으로
자작나무가 땅에서 올라가는 것을 본다, 자작나무는
잎가지에 사람들의 목숨과 꿈을 싣고 간다.
자작나무는 별들 가득한 그 긴 머리칼을 날리며
기쁨에 찬 대기를 타고 오른다
노래를 가득 실은 불의 선박처럼.

적

검은 북들이 울린다.
내가 처형을 명령했다.
보초들, 순찰들,
사형 집행인들, 모두 준비 완료:
지키고, 고문하고,
비열하게 만들고, 송두리째 없애버려야 한다
나의 적을: 그 많은 세월을
나를 괴롭혀온 그 적.
기절하지 않을 정도의 인내였지,
하지만 결국 끈질기게 증오해온 그 얼굴을
똑바로 대면하게 되겠지.

이제 북소리가 멈췄다.
이제 계단으로 경비들의 덜그럭거리는
군화 소리가 감지된다. 나의 적을
끌고 오는 모양이다. 지하 감옥의
습기 많은 곳으로부터, 고문과 피의
예식의 노래, 그 어두운 성가가 올라온다.

탐욕스러운 눈길로 나는 그를 어떻게
광장으로 끌고 오는지 지켜보고 있다,
수천의 눈들이 어떻게 그에게 침을 뱉고,
어떻게 고뇌스럽게 그놈이 내 앞에서 헐떡거리는지.

그 어마어마하고 몸짓도 큰 사제가
앞으로 나온다, 내가 내 얼굴을 보고 나를 고발하는
거울을 치운다: "너는 네가 네 힘으로 만든
모든 벌을 다 받아야 하느니라,
네가 너의 영원한 적이니까!"

칼날

한밤중 겨울나무들처럼
시커멓고 뻣뻣한 꿈을 꾸며 자고 있었다.
그의 꿈속에서 바람의 물결은 없었다
물들이 잠들지 않고 부글거리는 소리도 없었다,
그의 무색의 침상에는
검정색의 견고한 무게만 가까스로 느껴졌다.
그 느린 숨소리가
자기 맥박의 율동을 반추하는
비늘과 치아와 뒤섞이고 있었다.
수세기의 느린 걸음으로
다가오고 있는 소리가 들렸다
최소한의 거리도 끝내 사라지지 않은 것처럼.
길고 긴 파란 손톱들이 느껴졌다
쭈뼛쭈뼛한 검은 독침들,
잇따른 심연의 아가리.
습격이 예상되었다
소름끼치게 찢어발기는 느낌.
그 높은 벽들로부터 달아나기는커녕

심지어 눈도 뜰 수 없었다.
칼날처럼 번뜩이며 흔들리고 있었다
순간순간 종말의
사인을 기다리며

어둠의 흙손들

어둠의 흙손들이
끈질기게 소리를 낸다.
그리고 그의 가슴이 그 무게 없는
눈먼 돔 속을 귀가 먹도록 부딪친다.
그의 두 팔도 이제
돌들의 무게나 빛도 열 수가 없다.
끈질기게 썩어가듯 짓밟는
말없는 검은 질식.
살아 있는 동맥으로
광란의 절규,
그리고 모래, 그리고 돌멩이
그리고 돌멩이. 그리고 모래가
물결치듯 일정하게 그에게 쏟아져 내린다
그를 묶으며, 수세기의 시간에 그를 꿰매며.

시체

이 지옥의 지하 묘실에 있으면
깨지기 쉬운 세상의 그림자들이 들어온다.
높은 데로 다다르지 못한 날들의 조각들이 지나간다.
구름의 목마름 같은, 멀고 다정한 목소리들이
정원과 추억에서 오듯 다가온다.
이것들이 나를 태우고, 내가 만났던 삶의 기억을 일깨
운다
내가 가질 수 있었던 모든 삶까지도.

나는 내 육신의 불과 저주를 느낀다.
서서히 썩어가며, 어디엔가
삼켜 들어가 있는 이 몸뚱어리. 맥박 하나, 눈짓 하나마다
마지막 헐떡거리는 소리마다 부동의 절규가 떨고 있다.

나는 사람들이 피하는 페스트 병자.

점토와 깜부기 병균 사이 무너져 벌 받고 있다,
황금빛으로 빛나는 투명한 식물들과 떨어져서,

하늘스런 골짜기처럼 맑고 살아 있는 몸과 떨어져서,

잠들지 않고 땅 밑을 흐르는 물소리를 들으며,

부드러운 광물질의 숨 막히는 연기,

커다란 고뇌의 물방울들, 서서히 오르는 어둠의 수증
기와 함께

나를 나를 에워싸는 습기와 침묵 속에 남아 있다.

나는 어쩌면 늪지 그 자체

부패한 습지처럼
벌레도 병균도 식물 흔적도 없는
철새들의 날아가지 않고
먼 불빛의 달아남도 없는
절대 고독,
거기에는 두려움도 그리움도 없다.
고통도 이제 의미가 없어
마지막 절망의 자리도 없다.
낮도 밤도 아닌 그림자 하나와
침묵, 그것은 이미 부재不在의 혼미한 상태.
빈 곳이 없는 허공,
거기 아무 변화도 일어나지 않는 그곳에,
아무것도 생겨나지 않는
아무것도 낳지 않은 거기, 습지 한가운데
이러지도 저러지도 못하는 나의 어둠의 한계뿐
다른 어떤 정해진 한계도 없이
나는 온몸을 펼쳐 눕는다, 전적으로 생명의 기운 하나
없이.

수심 밑을 재며, 묻혀서
영원한 죽음으로 변해서.

제3부　지상의 지옥

— 호세 루이스 카노님에게

광기

나는 그림자가 있다. 오랜 풀잎의 푸른 연기가
내 핏줄을 돈다, 움직이지 않는 발을 딛고 폭발한다.
피의 찌꺼기들과 함께 생각들이 자란다.
부서질 듯한 벽으로 쩅쩅거리는 소리가 울린다.
집은 빛과 목소리들이 담을 쌓고 있다.
종이들이 자라는 귀먹은 미궁.
문들이 열리고 발에 밟힌 까마귀들이 울부짖는다.
날들은 순간순간 계속 가고, 매장된 침묵.
나의 마음을 썩게 하는 먼지의 소용돌이가
인간적 구축물과 색깔을 부신다.
세상의 기억과 세상의 이치를 부신다.
구조며 창문이며, 귀먹고 닫힌 공간.

시체들을 몰고 가는 차들이 멀리 있다.
시체들의 세상. 하지만 너는 어디 있을까?
바로 너, 너는 이미 죽어 있다. 집은 너를 잊었다.
눈먼 등불에 너의 옷들을 목매달았다.
방과 방에 자라는 것은 거미들 뿐.

등불들 속에는 목매단 채 네가 죽어 창백하게 돈다.

공포에 쭈뼛쭈뼛 머리칼이 선 너의 몸이 살고 죽는다.

그림자들의 고문. 검은 물살. 구토.

너는 존재하지 않는 한 그림의 부패물.

말하지 마! 너는 무섭다. 거미들의 말.

거미들을 타고 연기가 올라간다. 연기는 거울들에서
온다.

모든 수수께끼의 숨겨진 문들이다.

종이들이 난다. 책들의 밀림이 솟아오른다.

수많은 눈먼 무리들이 고통 속에 늙고 죽어간다.

컵이며 그림 속 비둘기들이 신음한다.

나의 두 손은 박쥐다, 가위를 들고 나를 찾는다.

나의 발걸음은 감옥에 갇힌 맹수. 벽들로 기어오른다

손톱 발톱이 올라간다, 현기증의 이빨들이 으석거린다.

콘크리트 벽돌들을 뜯어낸다. 진한 피. 아무도 없다.

나 혼자 홀로. 거기 눈이 먼 땅 밑.

거기 땅 밑에 나 혼자 홀로. 아무도 없다.

시간의 덫

너의 몸에 기댄 나의 몸을 나는 이제 느끼지 못 한다
그 깊은 총체적 촉감의 너. 땅 밑에서 흘러간 해와 날
들이
어둡고 흉물스러운 용암으로 변해갔다, 빛 속에서
자란 모든 것들이. 우리는 시간의 덫에
빠졌다, 무색의 단조롭고 반복되는
저울의 막대 위. 우리 나날의 하수도는
피로와 체념만 쏟아냈다
지나간 사랑과 살갗 위에.
쥐들의 잿빛 먼지 냄새가
뒤죽박죽 판도 속에 파고든다.
이 불쌍한 기억이 이제 풍경이며 굴욕이며
얼굴이며 죽음들을 뒤섞어 놓는다.
미래는 이제 노란 폭소, 시들어가는
찡그린 얼굴, 세월에 썩은 종이다.
종이 글씨 속 사랑의 말들, 그 계획들은
이제 영원히 해독할 수 없는.

복수의 임무

삶보다 더욱 센 이상한 습관 하나가
내 곁에 머물러 있다. 때로는 밤에,
꿈의 안개 속에서, 살인자의 은밀한 편집증을 안고
잠복해 있으리라 예감한다.
그의 청각은 나의 안정의 리듬을 기다린다.
한 시간, 한 달, 단 하루, 상관없다.
그녀는 적당한 순간을 찾을 줄 알리라
내가 모든 빛과 힘을 잃고 무기력한 순간
초산을 붓거나 성난 도끼를 내려칠.

그 어둡고 말없는 싱싱싱으로
항상 나를 기다린다. 내가 오기를 기다려
나날이 잔인한 예식을 시작한다
그 예식의 존재는 단 한의 종말이 있다:
나한테 자신의 복수 임무를 완수하는 일.

우리들 사이에서 자란다

우리들 사이에서 검은 유리의 바다가 자란다,
생석회로 된 심연, 얼어붙은 모래의 태풍,
백열등처럼 불타는 벽들, 밀림 같은 숲.

사랑의 두 눈을 도끼로 뚫고 지나갔다.
증오의 열차들이, 열차 위에 원한들이 지나갔다,
모든 경악 속에 여린 바늘들이 지나갔다,
불면의 무관심,
어둠과 죽음의 비.
끝에서 혼자가 된, 안개로 굳어져, 눈먼,
공허로 돌이 된 채
생기 하나 없는 중심에 남았다.

조난

다가갔다. 그리고 차가운 문은 그대로 닫혀 있었다.
말 앞에서도 통곡과 저주, 혹은 기도 앞에서도
그의 말을 들으려 하지 않았다. 홀로 밤에 남았다.
문득 종이들이 날아갔다.
슬픈 창들로부터 비가 왔다,
시들, 그리고 함께 한 하나의 삶의 편지들,
그리고 마침내, 무거운 가방들이 귀머거리로 만든 것은
바다 안개에 싸여 하얗게 얼어붙은 거리.
놀라움의 고통과 눈물 사이에서,
추잡한 고양이들과 쓰레기 속에서,
조난의 나머지 조각들을 모으려고 했다.
그리고 사멸된 오랜 예술 속에 불붙이려고 하는
사랑의 불길은 바람이 앗아가버렸다.
기억은 부엉이처럼 슬피 울어대는 거리에서
그에게 솟아났다, 사전 경고며 동요며, 열기, 꿈들의
꿈들,
영원히 길을 잃은 사랑과 가정,
공포의 때늦은 후회,

그리고 숫자들, 불행의 부딪친 숫자들.
그 비극을 지고 눈멀어 헤매며 멀어져간다
침묵과 광기에 빠져 길을 잃고.

피로

지쳐서, 지치고 지쳐서
나날이 죽어가기에 지치고 지쳐
추방당한 느낌에 지치고 지쳐
굴종과 패배와 약탈당한 몸으로
배반과 무시와 망각 속에서

지쳐서, 지치고 지쳐서
바람과 이상한 전지전능 정령의
꼭두각시 되기에 지쳐
정령은 위로부터
줄을 당기며 웃고 있을 것.
그리고 나는 이 발을 움직이고
아니면 이 손에서 자빠지고
울고, 웃고 울고 물고
사랑하고 속이고 잊고…

지쳐서, 지치고 지쳐서
내가 가장 사랑하는 존재들을

어쩔 수 없이 스쳐 지나가며,
수은의 강 우리를 지나듯
계속 고통스럽게
나의 밑바탕을 찾아

지쳐서, 지치고 지쳐서
늙어가기에 지쳐서,
나만 저 혼자되기에 지쳐서,
가장 쓰라린 순간들을 숨기고
꿈의 등 뒤에서 살며
사랑이며 삶이
어떻게 죽어 가는가를 보며

지쳐서, 지치고 지쳐서
길거리에서
거짓과 증오를 느끼기에 지쳐서,
힘없이 인내를 다시 고치고,
배때기를 끌고 다니며

넥타이를 매고

이 슬픈 두 눈을 거느리고

지쳐서, 그래, 지쳐서, 지치고 지쳐서

계속 자빠지며 자빠지며,

무덤덤한 배 밑창이 되어,

아무짝에도 쓸모없는 것이 되어,

단 하나의 나쁜 버릇

울기를 연습하며

그 젖은 창백한 종이처럼

그 젖은 창백한 종이처럼
꼼꼼하게 바닥과 항아리를 닦고
그저 아무렇게나 버려진 비가 물어뜯은
잊혀진 집의 죽은 거울들의
금속을 연마하고 어둠을 일깨운다

그 젖은 창백한 종이처럼
배수구와 출혈을 막아대는 일을 하며
녹과 딱지와 추위에 찢긴 종이,
하나하나 만지며 본질을 마모시키며
자신의 모양과 크기를 잃고, 검고 냄새 나는
일정한 뭉텅이로 변한 모습.

그 젖은 창백한 종이처럼,
이미 부서지고 역겹고 추잡한
아무의 손도 만지고 싶지 않은
아무의 눈도 보고 싶지 않은,
그것이 내게 남겨진 유일한 존엄성.

어디로, 어디로 가야 하나?

나날의 기억이

이제 거의 아무것도 아니라는

우리를 에워싸고 있는 모든 것이

이 상태 이대로 남아 있을 수 있는 것이

아무것도 없다는 것을 깨달았을 때

인생이 우리에게

모든 것을 앗아간다는 것을 알고,

끈질긴 고통이 우리에게

사랑이 얼마나 오래가지 않는지

아름다움의 확실한 진동이

세상을 떠받는 믿음직한 사고가

얼마나 아무것도 아닌가를 보여줄 때

모든 것은 시간이 어둠 속에서 풀무질하는

모래로 바뀌어가는 것을 볼 때,

고독은 침묵의 소유이며

이제 위안도 보호도 주지 않음을 알 때

<

위대한 말들은

결코 시 속에 피신할 수 없으며

그것들은 오직 눈 속으로 흘러가는 번뇌의

울부짖음뿐이라는 자각이 오기 전

우리가 모든 걸 알았을 때

심지어 이 이별의 몸짓도

이미 있어야 할 이유도 없을 때,

어디로, 어디로 가야 하나?

빈집에

강물 흐르는 커다란 수로가
돌덩어리 쿵쾅대는 소리를 하며
밤 가까운 곳에서 울려퍼진다.
유리창엔 열정적인 바람의
뿌리들이 삐걱거린다.
나무들의 무거운 주먹질이
문고리 두들기는 소리처럼
계단을 거슬러 올라온다.
어둑어둑한 곳에 있는 침대의
공기를 깜박이는 그림자들이 지나간다
오직 두려움과 고통만이
텅 빈 집에 나와 함께 있다.
길 잃은 아이처럼 새 한 마리 길을 잃고 짹짹인다.
그리고 바람과 강물, 그리고 깊이를 알 수 없는 밤이
쉬지 않고, 내 이름을 외치며 간다:
의지가지없이 갈 데 없으면, 이리 와, 갈 데 없으면.

오직 의혹뿐

나를 죽음으로부터 갈라놓는 것은
이 안개 젖은 아지랑이,
이것을 무너지지 않게 하고
다른 삶으로 이어지리라는
직감을 살리는 것은 오직 의혹뿐.
오 열정적 의혹이며,
확신으로 변하라,
나를 최악의 부정으로부터 해방하라:
계속 이대로 이 나이게 하라

얼마 동안이나 나

얼마 동안이나 나 이런

쓸데없는 순간의 연속 속에 있어야 하는지 몰라.

눈길에 죽음을 담고 길거리를 걷는다.

비록 나의 마음은 나의 가슴을 녹이고

나의 몸은

우연의 목소리나 본능에 순응하지만,

비록 나 아직 기계 속에서

직업 하나를 얻고

산 사람들 사이에서 자리를 차지하지만,

이제 나는 나의 것이 아니다.

나는 눈길을 수평선으로 펼친다

그리고 아무것도 나의 초조한 두 눈에 답을 주지 않는다.

그 행복한 불길은 어디에 있는가?

나에게는 이제 아무것도 남아 있지 않다. 내 삶은 끝
이 아니다.

나는 서서히 부서져가는 소리를 듣는다,

폐허를 향한 눈에 보이지 않는 진행을 본다.

고독

시간의 길목 구렁텅이,
비좁고 달아날 듯 불확실한 벽들,
연기와 문둥병의 거인의 손들뿐인
그 긴 복도에
이제 누군가 홀로 남았다.
거기 무기력한 그림자의 그림자
─인간적인 것의 마지막 파선─처럼
깊숙한 곳에 홀로 앉아
세상이 무너지는 것을 보지 않고 생각한다.
가장 야만스러운 혼돈 사이에서
모든 것을 밑바닥을 파는
지하의 바람이 으르렁댄다.
표류하는 배의
부서진 밑창 같은 복도는
시간들의 광막한 밤의
충격을 받는다. 나락에서
짙은 흑색 물결이 올라오고
밑바닥으로부터

불규칙한 공포의 바둑이 자라난다.

그러나 혼자 어두운 곳에서

엄청나게 큰 메마른

두 눈을 꼼짝 않고

어쩔 수 없이 숨 가쁜 숨소리를 듣는다

잠 못 드는 자

이들 벽 위에 습기가 그리는
파란 얼굴들을 헤아린다, 하얗게
빵 부스러기들이 식탁의 잿빛 바다에
섬들을 심고 뿌린다. 자기 방의
커다란 빗방울 위에서
시계가 똑딱거리는
쇠로 된 안정스러운 창,
광고의 반짝거리는 경련,
더러운 눈 위의 은밀한 차들,
멀리서 들리는 무슨 목소리,
숨어 있는 수도관 속의 거품 소리,
마치 놀라움에 떠는 벙어리 같은
책들의 등짝에 박은
빨강 까망 글자들,
바람결들, 눈비의 몰아침,
바닥에 떨어진 양말들
──잠든 쥐들──을 헤아린다.
죽음을 예고하는 볼링 핀 같은

빈 병들,
끝없는 밤과 싸우기 위해
군대처럼 줄 서 있는
창백한 약들.

자살자

죽음의 주사는

유일한 희망으로 녹아든다.

멀리서 새들과 플라타너스 나무들이 돌아온다.

모든 얼굴들 사이, 다정한 지도,

자기 몸의 어두운 강들이 전율하고

거의 느껴지지 않는 바늘들의 느린 여행이 들린다.

얼어붙은 거품 하나, 거울 하나, 그리고 그의 그림자.

나아간다, 그리고 그는 그들의 발걸음의 열기와

점점 자라 오르는 싹을 멈출 수가 없다

그 뒤에 남는 상처들을 잠재울 수 없다.

자신의 숲에 어떻게 불길이 올라오는가를 느낀다.

그 연기가 어떻게 두 눈으로 올라오는지를 느낀다.

어떤 소리로 핏줄과 피가 터지는지 안다

어떻게 잠든 바람이 이상하게 깨어나고

커다란 머리가 자기 가슴속에서 펼쳐지는가를 본다

그의 치아는 차가운 회오리바람이다

수직의 돌들의 폭풍이다

그 돌들이 벌써 심장을 겨누고 있다.

걷는 자에게 알린다

비록 소리쳐 부르는 고독을 참을 수 없어도
너의 시간의 공허를 참을 수 없어도
너의 왼쪽 눈이 없어도
오른손이 없어도
어느 다리로 걷고 있는지 몰라도,
비록 힘도 없고 희망도 없는 지경이 와도
빛이 색깔을 잃어버린 것을 보아도
비록 이제 꽃들을 만져도 아무 느낌이 안 와도
물의 웃음이 아무 느낌이 없고
새들이 황홀하게 날아도 그저 그럴 때,
비록 아이들은 너에게
팔 다리 잘린 그림자일 뿐이고
인간의 모든 속삭임이
하나의 어두운 물결일 때,
비록 인간들의 역사가 삐걱거리고
너의 차가운 가슴속에서
더러운 오물의 껍질과 피처럼
부서질 때,

비록 오른 눈 하나, 왼손
아니면 네 사지의 남은 부분으로라도
기억하라,
계속 나아가야 한다는 것
너의 모든 눈먼 기관으로 싸울 것
비록 오직 살아남기 위한 것뿐이라 할지라도,
너는 단지 한 사람이니까.

제IV부 미로들

— 엔리케 바도사님에게

계단

나는 내려가고 싶다. 내려간다. 달아나고 싶다.
잊고 싶다. 나를 밀고 나에게 소리치고
나한테 환상적인 쇳소리 같은
소음을 터뜨린다. 나는 계속 간다. 머물 수가 없다.
소리치는 소리, 그림자들 사이에서, 나는 올라간다, 나
아간다
한 계단 두 계단, 이 귀먹은 울부짖음 속으로,
거기 한 사나이의 모든 고통이 타고 올라간다.

나는 이 쓸데없이 올라가는 일밖에는 더 이상 기억이
없다.
갑자기, 죽음의 고통에 몸부림치는 눈들이 나타난다
성난 동맥들이 갈아먹은 눈들,
심연들의 얼어붙은 뿌리에서
몽땅 잘린 뭉툭한 손들. 끈질기게
채찍과 작살을 쥔 어두운 뼈들
으석대는 손가락들.

아무것도 이해할 수 없지만

위 계단들이 나를 회초리로 때린다, 나를 두들겨 패며

나를 따른다, 쉴 새 없이 나를 잡으러 따라온다.

계단들은 느리고, 피로도는 아주 높아진다.

가는 길 사이에서 간간이

어두운 빛 속에 하얀 연기가

올라가는 소리가 들리고, 눈에 보이지 않는

다른 계단에서 맹세며 원망 소리들 사이

귀먹은 통곡 소리가 들린다. 유일하게

보이는 것은 눈들이다. 흩어진 손들이다.

내가 감지하는 유일한 것은 이 끝없는

핏방울, 내 영혼의 끝자락에서

내 스스로에의 저주가

이 더럽고 추잡한 세상의 계단으로

나를 못살게 괴롭히며 밀어붙인다.

거울들에는 얼음과 심연이 있다

거울들에는 얼음과 심연이 있다,
불면과 탐구의 창들이 있다,
강철로 된 현기증이 우리를 뚫고 들어와,
다른 현실 속에 우리를 버려둔다.
이들 물의 꿈이 그 수은의
열기에서 솟아난다, 먼 곳에서 온다
어둠 속 고요한 외침 속
고통을 닫고 여지없이 지우고 온다.
거울의 차가움은 삶의 추위이다,
귀먹은 문, 돌로 된 코, 주먹.
네 속에, 네 안에서 내 인생은 빠져죽었다.
영원의 그 충실한 눈길을
너는 때때로 나에게 슬쩍 비쳐주었지,
그 열락과 광기의 바람,
열정적 욕망과 사랑의 바람.
그 안타까움은 어디 갔는가? 그 순간들은 어디에?
그 웃음, 작은 감촉들,
그 바다와 펼쳐진 숨결과 함께

휘몰아치던 몸뚱어리들의

그 넓은 회오리바람은 어디에?

지금은 혼란이다. 내가 바라보는 것은

망각의 눈들로 걸었던 것이니까.

병든 눈들, 두개골에 구멍을 내고

무엇이든 보는 것마다 눈멀게 하는

뻑뻑거리는 눈들. 목매달아 죽은

자의 표정을 한 눈들. 끝없는 분노,

난장판 흥분과 광기에 찬 눈들.

주시하는 것을 모르는 눈들, 또한

아무도 만진 일 없는 순수를 가진 눈들.

왜 우는지조차 모르는 그런 눈들.

세상은 공포다. 아무도 아무것도

부시지 않아도, 조상대대로 이어오는

질서를 다시 되세울 수 없이

이미 다 불확실하다.

그러나 나는 달아날 수 없다.

여기 나를 질식시키는 거울들에 묶여져

나는 여기 남아 있다,

그 무채색의 연기 수정 속에 빠져서,

그림자와 구멍의 사막에 빠져서.

아주 나 자신에게 가까이 있지만, 아주 길을 잃고

나는 두려움이 나의 감옥인지도 모르니까

그리고 거울이 나의 지옥의 심연인지도 모르니까.

그림자

그것은 그림자이다. 문득 너의
움직임을 그대로 따라하는, 그리고 너의 것이 아닌,
네가 달릴 때 때때로 멈춰 서는,
너 스스로도 그 이상한 힘에
홀려 다니는 것을 느끼는, 그리고 그 부동의 몸짓 속에
너를 에워싸고 자기의 얼어붙은 굴레에 너를 꽁꽁 묶
어놓는…
그것은 갑작스런 하나의 숲이다, 하나의 커다란 흠집,
수렁의 빨아들임,
변형된 존재들의 섬유들의 차가움,
이름도 없는 밑바닥,
거기 무엇이든 삼키는 검은 목마름이 폭발하는
그곳으로 부서져서 잠기는 땅바닥의 차가움.
행성과 벌레들의 소리가 나는 그 그림자가
너를 따르며 커지는 발걸음을 따라 늘어난다,
교회에서 구두들의 공포스런 쿵쿵거리는 소리
경련하듯 열기에 차서 두들겨 패는 망치소리
모든 것을 박탈하고 밑으로 빠뜨리는 소리.

그 악습의 열정적 품격 속에서
차가운 어둠의 두개골을 뚫는 추위를
충동질하며 까고 활짝 열어젖힌다.
그 어둠이 이미 너를 끌고 간다.
다시는 돌아오지 않는
그 광기 속에 너를 산 채로 녹여 넣는다.

통곡

통곡밖에 아무것도 없기 때문에,

세상에 오직 통곡밖에,

고통의 현기증, 타락, 쇠퇴,

그리고 통곡, 벌을 받은 수많은 사람들,

악습과 통곡, 무지막지한 쓰라림의 얼굴들,

무언지도 모르면서 망한 처참한 얼굴들,

지옥의 밑바닥처럼 자라나는 전율,

통곡, 세상을 가득 채우는 통곡, 기차며

술집이며. 통곡, 감옥이며,

묘지며, 통곡, 폐허, 통곡,

계속해오는 눈먼 침략 같은

참을 수 없는 역병 같은 통곡,

항상 통곡, 고독한 해변에서

하오의 흐린 고요 속에서,

젖은 유리창 뒤에서, 덧칠을 벗긴 벽들 뒤에서,

검은 차들 속에서, 항상 통곡, 통곡,

단조롭고, 무서운, 위안이 없는, 밀폐된

통곡, 연속 기도와 병원에서,

질서들, 통곡, 구두들, 총들,
통곡, 빈곤, 통곡,
인도를 위하여 통곡,
닫쳐진 집들에
통곡, 손톱들과 손가락들과 머리칼들,
가슴을 적시고, 세상의 갱도를 파나가며,
인간을 숨 막혀 죽게 하는 통곡 통곡만이 있다.

터널

좁은 터널 길로 서서히 기어간다
손톱과 담즙, 피와 함께 그의 손들이
습기와 수세기 동안 부식된 돌들에 엉겨 붙어 있었다.
어떻게 들어왔는지, 누가 데려왔는지
무슨 이유로 무슨 벌로 왔는지 기억이 없었다.
시간 속에 처참하게 홀로, 어두운 메아리 속에서
그림자들이 뱉아 낸
이상한 진흙 덩이처럼 그는 미끄러져 내렸다.
그는 가차 없이 밑바닥으로 내려가고 있었다,
숨겨진 것의 연기 나는 진흙탕을 향하여.

거의 느껴지지 않을 정도의 숨결을 엿보기 시작했다,
멀리로부터 올라오던
진한 성냥 불빛 하나를 느꼈다.
안개의 새로운 울부짖음 속에서
그의 본능이 생명의 흔적,
그 기미와 인지되는 맥박을 찾아
격하게 흔들렸다. 그것은

그 무서운 침묵과 그 비할 데 없는
고독을 깰 수 있는 것이었기에.

그의 감각이 받아들이고 함께 할
최소한의 생명을 찾으려는
열기로 초조하게 계속 움직였다.
짐승 같은 열성으로, 기쁨과 믿음에 차서
눈길에 찢긴 핏자국을 달고,
본능과 후각으로 부딪치며 찾다가
시커먼 곳에 떨어졌다. 그의 귀는
작은 눈들의 흙덩이를 감지하기 시작했다.
그 눈들은 분노에 차서 찍찍거리며 반짝였다.
정확한 불꽃처럼 깊고 끈적거리는
페스트 균 같은 것들이 그에게 다가왔다.
그것은 굶주림에 불처럼 덤비는 거미 떼들이었다.
거미들은 그가 오기까지 기다릴 수가 없었다.
모닥불처럼 찍찍거리며
나뭇잎들의 으석대는 소란한 소리와

지옥의 증오로 사람을 먹어치우기 시작했다.

그것은 속된 부식성 음란 행위였다.

점점 커져가는 어두운 절규가 그를 기다렸다.

반짝이는 침들과 바늘, 촉각들의

느리고 느린 물결이 그에게 다가왔다.

그의 몸은 꼼짝할 수 없었다.

그리고 한창 달아오른 그 하늘이 올라오는 것을 보았다,

눈들, 입들, 검은 발톱의 용암들이 올라왔다.

짓밟혀 죽는 것을 느꼈다.

그리고 빛과 핏줄의 폭발처럼

그의 상처난 피의 눈먼 통곡이 느껴졌다.

그의 몸뚱어리는 끝없는

고통의 경련으로 조각났다.

그리고 그 터널의 밑바닥이 무너지더니 떨어져내렸다.

그리고 거미 떼 폭풍이 쏟아져 내렸다.

그리고 거미로 가득한 그 복도로

숨 막힐 듯 계속 떨어졌다.

거미들은 그와 함께 갈 것이었다, 항상 함께 하듯이

거미들은 이미 그의 눈이고 그의 배고 그의 목소리이
니까.

어떤 소리도 어떤 침묵도 없는

갑자기 현기증 나게 대기를 가르는,

나의 닫혀진 몸 안에 어두운 차가움.

지독한 충격이 폭발한다. 선들선들한 날카로운 조각들로

거품이 나를 공격한다, 불면 속 말 없는 나의 몸뚱어

리가

잠자지 않고 가라앉으며, 가라앉으며

철로도 가로등도 없이 기차는

얼음의 바다에 물거품이 된다.

나는 이제 결코 열리지 않을 이 두께이다,

사라지지 않을 흑빛 속에 가라앉는

가라앉고 가라앉는.

비처럼 급물살처럼 쏟아진다

주검들이 쏟아지고 있다, 강물로부터 무덤으로부터

잊혀진 수세기 범죄와 밤으로부터,

거대한 눈들의 탑들, 경직된 얼굴들

기둥 같은, 얼음장 박물관

돌의 혈관 사이 흐린 훈기, 몸짓의 박물관,

물속에 갇힌 모든 영원,

거의 유리 같은 창백한 물결들,

축 처진 손들의 흔들거리는 우둔함,

열린 입들, 늙음과 고통에서 나왔던

가면들, 그리고 이 움직이지 않는 연기가

모든 것을 차지한다.

고통에 떨다 어두움 속에 사라지는

그림자들, 빈자리들, 꿈들

언뜻 꿈에 나타나는, 차가운 소용돌이들

망각과 단념의 동아리,

갑작스런 뼛조각의 반짝거림, 눈에 보이지 않는 멋진 말들의

등을 타고 나타나는 귀신의 환영들

서로 부딪쳐 부서지고 찢어지고, 귀먹은

폭발들, 조난들, 흘러내리는 해골들

몽유병 걸린 굵은 밧줄과 머리칼들

물밑 얼음판을 쪼개는 널려 있는 머리칼들

광막한 숲과 화석과 죽어가는 것의 거울들을 숨기고,

길고 길게 죽음이 내려오는 모습을 숨기고

복도며 좁은 갤러리, 배수구들
물이 고이는 배 밑창, 굴들을 가로질러
심연으로 무너져 내린다. 눈구멍과 손 타래
손가락들이 솟아나오는 것들의 힘없는 줄기들을
번개들이 불붙인다.
그러나 소리 하나 없이, 아무 흔적 없이,
사람 소리 하나 없이, 침묵 하나 없이.
나는 나의 가슴속에서 비명 소리를 찾는다,
헛되이 찾아 헤매고 있다.

나의 거울 속에 있는 얼음과 지옥의 그 차갑고 끈적끈적한 감촉들

민용태(스페인 왕립 한림원 위원, 고려대 명예교수)

후스토 호르헤 파드론을 만나면 100% 유럽 신사를 느낀다. 깔끔하고 예의와 말이 바르다. 글씨도 꼼꼼하고 자상하다. 한 번 말을 꺼내면 쉴 줄 모르는 열성파지만, 처음에는 말 붙이기가 어려울 정도로 고상하다. 1943년 10월에 카나리아 섬의 귀족 재벌의 아들로 태어났으니까, 나이가 나보다 열 달이나 아래인데도, 나보다 훨씬 점잖을 피운다. 그가 점잖게 보일만한 것이 1981년 미국 샌프란시스코에서 "세계문화예술 한림원상"을 비롯하여 2013년 터키에서 "이스탄불 국제 그랑프리상"을 타기까지 30여 개가 넘은 국제적 큰 시상을 탄 세계적 시인이기 때문이리라. 오늘 노벨상 후보로 가장 많이 언급되

111

는 것도 그는 이미 노벨상 추천위원인 스웨덴 한림원 위원 룬드크비스트의 30년이 넘는 열렬한 지지를 받고 있기 때문이기도 하다.

내가 파드론을 알겐 된 것은 비센테 알레익산드레의 1977년 노벨상 수상이 인연이 되어서 친해졌다. 알레익산드레가 노벨상을 받게 된 데는 당시 스페인 시인을 스웨덴어로 번역한 파드론의 공로가 절대적이었다. 당시 부인이 스웨덴 한림원 위원의 딸이었던 관계로 노벨상 위원회에 영향력이 대단했다. 그 뒤 10여 년 동안 노벨상 추천 심사위원으로 일할 만큼 실질적 권력을 행사하고 있던 터라, 나는 미당 서정주의 노벨상을 함께 추진하자고 했다. 1980년경 미당을 세계 시인대회를 위해 카나리아로 초청했던 것도 파드론이었다. 어떻든 우리 미당께서 돌아가셔서 모든 일은 허사로 돌아갔다.

그 뒤 격조했었는데, 지난번 루마니아의 크라이오바 세계 시인대회에서 다시 만났다. 너무나 반갑고 놀라웠다. 내 시를 이미 세계 유명 시인선에 넣어 출판한 지가 2년이 넘었다는 소리였다. 나는 파드론이 그런 이야기를 할 때마다 사실 주저한다. 파드론이 자기 시를 우리말로 번역해 달라는 부탁이 다시 시작될 것이기 때문이다. 파드론의 시는 참으로 위대하지만 내 취향에는 별로 맞지 않는다. 너무 어둡고 추하고 끈적거리기 때문이다.

1.

인생과 우주에 대한 지나치게 어두운 그의 눈을 동양인인 나는 수상스러운 눈으로 본다. 동양인은 자연을 조화와 성선설로 본다. 그러나 파드론은 기독교의 묵시록적 시각으로 어둡게 본다. 그런 친구의 모습이, 저거 또 괜히 폼 재려고 대우주관, 인생관을 펼치는 게 아니야? 그런 까칠스러움이 있었다. 그러나 다시 생각하고 번역에 손을 댄 것은 그가 나름대로의 성실한 자기 성찰적 바탕에서 조상들이 생각해온 기독교적 묵시록의 예언에 대한 잠재의식을 받아들였구나 하는 공감이 왔기 때문이다.

그는 그렇게 『신곡』의 지옥편을 연상시키는 단테적인 데가 있다. 그러나 다시 보면, 수소폭탄이 눈앞에 와 있는데 계속 지구라는 행성의 운명을 영원하고 행복하리라고 보는 것도 문제다. 그것은 인간이 나만 아니고 많은 사람이기 때문에 더욱 그렇다. 우리 어머니는 "내 맘 짚어 남의 맘" 헤아린다고 했는데, 요즘 파리 "IS" 폭탄테러를 보면 너무 무섭다. 파드론이 "나는 인간이다!/나는 모든 인간들이다"라고 하는 말은 요즘 들으면 무섭다. "모든 인간들"이 내 마음 같지 않다는 것을 안다. 우리의 북쪽도 그렇고 "IS"도 다른 폭력 단체도 인간 같지 않다.

그럴 때 내게 오는 공포감, 지구의 종말이나 우리 인간들의 종말을 생각하는 것은 그렇게 엄청난 비약이 아니다. 생각이나 거울이 있는 사람이면 누구나 소름끼치는 상상을 한다. 생각하기 싫어 거울을 돌려놓지만 다른 악몽이 꿈까지 파고든다. 파드론이 쉬르레알리스트 시법으로 이런 무서운 잠재의식의 이미지들을 쏟아내는 것도 그런 의식의 뿌리에서이다. 원래 프로이트의 잠재의식이 인간의 원죄 의식이나 인간을 정신환자로 보는 부정적이고 염세적 비전에서 출발한 것. 그것을 쉬르레알리즘이 자동 필기법으로 쏟아낸 것은 사실 병적 자기 해방이나 지옥 필기법이다. 파드론에게 그런 기법이 잘 맞아떨어진 것은 시 밑에 깔린 의식 내용과 기법이 맞았기 때문이다.

그러나 이것을 번역하다 보니 다소 난해해진 것은 오역 때문이라기보다는 난삽한 이미지 나열 때문이라고 보는 것이 좋다. 이런 시나 번역을 읽을 때도 구태여 이해를 잘 하려고 하거나 문맥을 짚어 이미지의 통일성을 찾아보려고 하면 시인이나 역자의 의도에 빗나간다. 어지럽고 구역질나게 그런 것을 깨끗하게 해보려고 하면 실패다. 이럴 때는 안 맞는 번역까지 혼란과 불확실의 미학에서 오히려 플러스이다.

2.

그러나 그렇지 않다. 파드론의 시는 기독교의 우주관이나 세계관보다는 그것이 모두 엄격한 자기 성찰과 고뇌. 자기 정체성 상실, 사랑의 부재의 고민에서 나온 것임을 알아야 한다. 그의 적은 바로 생각하는 데카르트나 자신이다. 그는 "적"에서 말한다:

내가 내 얼굴을 보고 나를 고발하는
거울을 치운다: 너는 네가 네 힘으로 만든
모든 벌을 다 받아야 하느니라,
네가 너의 영원한 적이니까!

내가 나를 생각할 때, 내가 시를 쓸 때, 나의 불안과 저주, 미래에 대한 나의 어두운 예언은 그것이 금방 "페스트"가 된다. 그것이 논리적으로 맞고 철학적일수록 피해는 더욱 크다. 그것을 민감하게 받아들이고 미리 공포에 전율하는 것 자체가 페스트 전파이다:

나는 내 육신의 불과 저주를 느낀다.
서서히 썩어가며, 어디엔가
삼켜 들어가 있는 이 몸뚱어리. 맥박 하나, 눈짓 하나마다
마지막 헐떡거리는 소리마다 부동의 절규가 떨고 있다.

나는 사람들이 피하는 페스트 병자.

그러나 그런 나에게는 인간적 한계가 있다. 사실 공포를

체험하는 것은 인간 전체가 아니라 우선 나다. 그러면 이런 상황 속에서 나는 어디로 가야 하나?:

> 모든 것은 시간이 어둠 속에서 풀무질하는
> 모래로 바뀌어가는 것을 볼 때,
> 고독은 침묵의 소유이며
> 이제 위안도 보호도 주지 않음을 알 때
>
> 위대한 말들은
> 결코 시 속에 피신할 수 없으며
> 그것들은 오직 눈 속으로 흘러가는 번뇌의
> 울부짖음뿐이라는 자각이 오기 전
> 우리가 모든 걸 알았을 때
>
> 심지어 이 이별의 몸짓도
> 이미 있어야 할 이유도 없을 때,
> 어디로, 어디로 가야 하나?

3.

그렇다 가장 "피로"한 것은 이런 거울을 보고 시를 쓰는 나이다. 생각해 보면 살아간다는 것이 늙음과 죽음을 향해서

가고, 움직여 봐야 나락이나 심연으로 빠지는 것뿐이다. 이런
실존 상황 속에서 눈을 뜨기조차 피로하다:

  지쳐서, 지치고 지쳐서

  늙어가기에 지쳐서,

  나만 저 혼자되기에 지쳐서,

  가장 쓰라린 순간들을 숨기고

  꿈의 등 뒤에서 살며

  사랑이며 삶이

  어떻게 죽어 가는가를 보며

그러나 시인은 똑같이 인생을 걷는 자들에게 알린다:

  비록 이제 꽃들을 만져도 아무 느낌이 안 와도

  물의 웃음이 아무 느낌이 없고

  새들이 황홀하게 날아도 그저 그럴 때,

  비록 아이들은 너에게

  팔 다리 잘린 그림자일 뿐이고

  인간의 모든 속삭임이

  하나의 어두운 물결일 때,

  비록 인간들의 역사가 삐걱거리고

  너의 차가운 가슴속에서

  더러운 오물의 껍질과 피처럼

부서질 때,

비록 오른 눈 하나, 왼손

아니면 네 사지의 남은 부분으로라도

기억하라,

계속 나아가야 한다는 것

너의 모든 눈먼 기관으로 싸울 것

비록 오직 살아남기 위한 것뿐이라 할지라도,

너는 단지 한 사람이니까.

　여기에는 고독한 존재의 싸움꾼으로서의 하나하나의 일체감이 성립한다. 사실 지금 내게 두려운 것은 "거울" 속 그림자들이고 어둠이고 불현듯 닥치는 "지옥"이다. 그것은 영화 보기나 거울보기, 시 쓰기일 뿐. 지금 나는 살아 있다. 지금 나는 늙어 있다. 그리고 나는 혼자일 것이다. 혼자 죽어갈 것이다. 그러나 그것은 아직 일어나지 않았다. 시방 나는 멀쩡하다. 그러면 지금 나를 잡는 것은 무엇인가. 그것은 "거울"이 아니라 이런 생각을 하며 내가 느끼는 "두려움"이다. 두려움이 감옥이다:

이미 다 불확실하다.

그러나 나는 달아날 수 없다.

여기 나를 질식시키는 거울들에 묶여져

나는 여기 남아 있다,

그 무채색의 연기 수정 속에 빠져서,

그림자와 구멍의 사막에 빠져서.

아주 나 자신에게 가까이 있지만, 아주 길을 잃고

나는 두려움이 나의 감옥인지도 모르니까

그리고 거울이 나의 지옥의 심연인지도 모르니까.

이미 나를 죽일 시간이나 "거미"는 가까이 와 있다. 내가 시간 속에 있다. 내가 시간이다. 내가 신체이고 시체이다. 이 알 수 없는 실존의 터널 속에서, 이 너무 확실한 실존의 판도에서 생명은 살겠다고 몸부림치고, 거미들도 살겠다고 몸부림치고… 그러나 구원은 없다. 구원은 있다. 어차피 우리는 먹고 먹힘을 향하여 존재에서 다른 존재로 움직이는 동료들이니까:

거미들은 그와 함께 갈 것이었다, 항상 함께 하듯이

거미들은 이미 그의 눈이고 그의 배고 그의 목소리이니까.

후스토 호르헤 파드론

시집

1971년   시집『어두운 불들 *Los Oscuros Fuegos*』로 "아도나이스 시상"으로 문단에 나오다.

1972년   시집『밤바다 *Mar de la Noche*』, "보스칸 시상"

1976년   시집『지옥의 굴레들 *Los Círculos del Infierno*』으로 스페인 왕립 한림원 "파스테르나스 문학상" 수상, 스웨덴 작가 협회 비엔날 문학상 수상, 세계 34개 국어로 번역됨.

1978년   시선집 1971-1976.

1978년   시집『불타는 자작나무(*El Abedul en Llamas*)』

1994년   시집『현존의 샘물 *Manantial de las Presencias*』로 과달라하라 주 문학상.

1995년   시집『고뇌의 소리 *Rumor de Agonía*』로 "카나리아 제도 국제 문학상"

2000년   파드론 시 전집『불의 기억 *Memoria de Fuego*』 바르셀로나, 루멘 출판사.

수상경력

옮긴이 : 민용태
1968 『창작과 비평』을 통해 시인으로 등단.
시집 『시간의 손』, 『푸닥거리』, 『나무나비나라』, 『시비시』, 『ㅅ과
ㅈ 사이』, 『바람개비에는 의자가 없다』 등이 있음.
번역으로『돈 끼호떼』1, 2권 완역
스페인 중남미 시 번역 등 다수.
현재 스페인 왕립 한림원 종신 위원, 고려대 명예교수.

서정시학 세계 시인선 007
지옥의 굴레들 Los Circulos del Infierno

2016년 3월 20일 초판 1쇄 발행

지 은 이 · 후스토 호르헤 파드론
옮 김 이 · 민용태
펴 낸 이 · 최단아
펴 낸 곳 · 서정시학
편집교정 · 최진자
인 쇄 소 · 서정인쇄
주소 · 서울시 성북구 성북로 4길 52 106동 1505호
전화 · 02-928-7016
팩스 · 02-922-7017
이 메 일 · poemq@dreamwiz.com
출판등록 · 209-91-66271

ISBN 979-11-86667-17-5   03870

계좌번호: 070101-04-072847(국민은행, 예금주: 최단아)

값   12,000원

 * 잘못된 책은 바꾸어 드립니다.

  이 도서의 국립중앙도서관 출판예정도서목록(CIP)은 서지정보유
통지원시스템 홈페이지(http://seoji.nl.go.kr)와 국가자료공동목록시스
템(http://www.nl.go.kr/kolisnet)에서 이용하실 수 있습니다.(CIP제어
번호: CIP2016006252)